Von Ursel Scheffler und Jutta Timm
sind bei Gabriel bereits erschienen:

Der Schutzbengel
Zum Taufen nimmt man Wasser ohne Seife

Scheffler, Ursel/Timm, Jutta:
Ehrlich, ich war's nicht
ISBN 978 3 522 30107 7

Text: Ursel Scheffler
Illustration: Jutta Timm
Einbandtypografie: Michael Kimmerle, Stuttgart
Schrift: Vendetta, TrashHand
Reproduktion: Photolitho AG, Gossau/Zürich
Druck und Bindung: Himmer AG, Augsburg

5 4 3 2 1* 07 08 09 10

www.gabriel-verlag.de

CE

Ursel Scheffler Jutta Timm

EHRLICH, ICH WAR'S NICHT

gabriel

»Fertig«, seufzt Mama und stellt den Schrubber beiseite.
Bei Heckmanns ist alles blitzblank. Auch die neuen Fliesen im Flur, die Papa und Opa am vergangenen Wochenende gemeinsam verlegt haben.
Jan und Grit spielen im Garten. Papa poliert in der Garage sein Auto.
Oma und Opa sind gleich nach dem Gewitter mit Herrn Moser, dem Familienhund, Gassi gegangen. Nicht einmal die Katze Rapunzel schnurrt um die Beine. Die ist offenbar auf Mäusejagd.
Aber lange dauert die Ruhe nicht an.
»Ach du meine Güte, der Kuchen«, murmelt Mama und rennt in die Küche, um den Kuchen zu retten. Gerade noch rechtzeitig.
Sie ruft aus dem Küchenfenster: »Kommt rein! Es gibt frischen Apfelkuchen.«
Da kommen sie alle angelaufen: Jan und Grit aus dem Garten, Papa aus der Garage, Oma und Opa mit Herrn Moser von der Straße.
Die Katze Rapunzel kommt als Letzte, schlüpft aus dem Kellerfenster, rennt durch das matschige Rosenbeet, überholt alle, macht einen großen Bogen um Herrn Moser und flitzt als Erste durch die Küchentür.

»Oh nein«, ruft Mama erschrocken, als sie eine halbe Stunde später in den Flur kommt. »Seht euch bloß den Fußboden an! Drecktapser überall. So eine Ferkelei. Wer war das?«
»Ehrlich, ich war's nicht«, sagt Papa. »Meine Schuhe sind sauber.« Er zeigt zum Beweis seine Sohlen.
»Wir waren's nicht«, rufen Opa und Oma im Chor. »Wir sind gleich an der Tür in die Hausschuhe geschlüpft, wie immer!«
»Wir waren's nicht!«, behaupten auch Jan und Grit. »Wir haben die Schuhe abgeputzt.«
»Miau«, maunzt Rapunzel. »Ich war's nicht! Ich hab Samtpfoten und keine Sandpfoten.«
»Wuff«, bellt Herr Moser und will damit sagen, dass er auch nicht an dem Dreck im Flur schuld ist.
»Wer war es dann?«, murmelt Mama, als sie den Boden wieder sauber macht.

»Wer hat meine Puppenwiege zerbrochen?«, ruft Grit am Abend entsetzt. Sie hebt ihre neue Puppe vom Boden auf, die sie letzte Woche zum Geburtstag bekommen hat. Das Puppenbett ist zerwühlt und das Brett an der Seite herausgedrückt. Sieht ganz so aus, als hätte einer drin gelegen, der da nicht hineingehört!
»Ich war's nicht«, sagt Papa und schüttelt energisch den Kopf. »Ich pass da doch gar nicht rein.«
»Wir waren's nicht«, versichern Oma und Opa und schmunzeln. »Für uns ist die Wiege auch viel zu unbequem. So wie bei Schneewittchen. Die passte auch nicht ins Zwergenbett.«
»Ich war's nicht«, ruft Jan. »Ich geh doch nicht freiwillig ins Bett! Das wisst ihr alle.«
»Ich war's nicht. Ich kann doch noch nicht mal in einer Hängematte liegen. Vom Schaukeln wird mir schwindlig«, sagt Mama und lacht.
»Miauouuu, ich war's nicht«, maunzt Rapunzel. »Ich hab mein eigenes Bett.«
Und wo steckt Herr Moser? Der ist im Garten und zerlegt gerade einen riesigen Knochen. Er kämpft mit ihm wie mit einem wilden Dinosaurier und sieht gar nicht so aus wie einer, der sich in Puppenwiegen legt. Oder doch?

»Wer hat meine Keksdose leer gefuttert?«, fragt Oma am nächsten Tag und sieht sich im Kreis der Familie nach Schuldigen um. »Wo steckt die Naschkatze?«

»Miau«, maunzt Rapunzel beleidigt. »Ich war's nicht. Ich krieg doch die Dose nicht auf.«

»Ich war's nicht«, versichert Papa. »Ich war doch den ganzen Tag weg.«

»Wir waren's nicht«, sagen auch Jan und Grit und verstecken schnell die Hände auf dem Rücken.

»Ich war's auch nicht«, sagt Mama. »Das ist fast wie bei Hänsel und Gretel. Die behaupten auch, dass sie nicht an den Lebkuchen geknabbert haben und geben dem Wind die Schuld.«

»Der Wind kann's nicht gewesen sein«, brummt Opa. »Eher schon unser immer hungriger Herr Moser?«

»Wuff«, bellt Herr Moser. »Ich war's nicht. Kekse fress ich nur im Notfall.«

»Wer war es dann?«, murmelt Oma, als sie für ihr Kaffeekränzchen am nächsten Tag neuen Teig rührt. »Ein geheimnisvoller Unbekannter?«

So ist es in den meisten Krimis, die sie so gerne im Fernsehen anschaut.

»Wer hat mein Strickzeug aufgetrennt?«, ruft Opa am Abend empört. Sein Freund, der Schäfer Hauke Rauke, hatte ihm in den Osterferien auf der Insel Föhr das Stricken beigebracht. Der Schal war schon fast einen Meter lang. Es sollte eine Geburtstagsüberraschung für Oma werden.
»Ich war's nicht«, beteuert Papa. »Seit wann kann Opa stricken?«
»Ich war's nicht«, ruft Mama aus der Küche herüber. »So etwas würde ich nie tun. Ich weiß doch, wie stolz Opa auf sein Werk war.«
»Wir waren's nicht«, versichern auch Jan und Grit. »Wir haben den ganzen Tag draußen gespielt.«
»Wuff«, kläfft Herr Moser, der gerade mit Oma vom Einkaufen kommt. »Ich war's nicht.«
»Miau«, maunzt die Katze Rapunzel und reibt sich schnurrend und ein wenig aufdringlich an Opas Wade. »Ich war's nicht. Stricknadeln sind mir viel zu gefährlich.«
»Wer war es dann?«, murmelt Opa, als er das Knäuel mit dem aufgetrennten Garn aufrollt. »Ein Klabautermann vielleicht?«
Klabautermänner kennt er aus seiner Zeit als Seemann. Unterwegs auf den langen Reisen haben sie sich hundertfach Geschichten von geheimnisvollen Schiffsgeistern erzählt.
Ja, ein geheimnisvoller Kobold trieb sich im Haus herum.
Es gab keine andere Erklärung. Ein Dieb war es jedenfalls nicht.
Der hätte das Strickzeug doch geklaut!

»Wer hat denn wieder mal meinen Garagenschlüssel vom Haken genommen?«, poltert Papa am nächsten Nachmittag. »Ich muss dringend wegfahren und komm jetzt mit meinem Auto nicht raus.«
»Ich war's nicht«, ruft Jan.
»Wir waren doch heute Morgen in der Schule«, bestätigt Grit.
»Ich war's nicht«, sagt Mama. »Ich hab doch meinen eigenen Schlüssel.«
»Ich war's nicht«, versichert Oma. »Ich geh nie in die Garage.«
»Wuff! Ich war's nicht. Was soll ich mit dem Garagenschlüssel? Viel zu hart für meine Zähne«, bellt Herr Moser. »Wenn's ein Knochen wäre ...«
»Miau. Ich war's nicht«, maunzt Rapunzel. »Ich brauche keinen Schlüssel. Ich schlüpfe immer durch das kleine Seitenfenster in die Garage.«
»Ich war's nicht«, versichert auch Opa. Ein bisschen später fällt ihm ein, dass er ja die Leiter zum Apfelpflücken aus der Garage geholt hat und der Schlüssel noch in seiner Hosentasche ist.
Aber da hat Papa schon mit Mamas Schlüssel die Garage aufgeschlossen und ist weggefahren.

»Wer hat an meinem Computer 'rumgespielt?«, ruft Mama am nächsten Morgen. »Der Mauszeiger bewegt sich nicht. Wahrscheinlich ist die verflixte Kiste mal wieder abgestürzt.«
»Miau, ich war's nicht«, maunzt Rapunzel. »Computermäuse interessieren mich nicht.«
»Ich war's nicht«, ruft Opa aus dem Nachbarzimmer herüber. »Oma und ich kennen uns mit dem technischen Kram sowieso nicht aus.«
»Ich war's nicht«, sagt Grit. »Jan und ich nehmen immer Papas alten Laptop.«
»Ich war's nicht«, knurrt Herr Moser. »Das Ding heißt Komm Puter, aber der Puter kommt nicht. Es riecht auch kein bisschen nach Truthahn.«
»Ich war's nicht«, sagt Papa. Und dann fällt ihm ein, dass er am späten Abend im Internet nach den aktuellen Fußballergebnissen gesurft hat. Am Ende hat sich der Computer dabei einen Virus eingefangen?
Er kriegt einen roten Kopf. Aber dann traut sich Papa nicht es zuzugeben, weil er Angst hat, dass Mama schimpft.
»Das war sicher wieder der geheimnisvolle Unsichtbare«, sagt Oma. »Vermutlich schleicht er nachts ums Haus, wie der Täter im Krimi gestern Abend.«
»Ja, ja, der Wind, der Wind, das himmlische Kind«, murmelt Mama und lächelt. Sie ist dem Täter schon seit einer Weile auf der Spur.
Es ist eine ganze Bande.

Sonntags macht bei Heckmanns immer Papa das Frühstück. Als er diesmal die Frühstücksbrötchen in den Ofen schieben will, entdeckt er eine große, gelbe Pfütze auf dem blauen Küchenboden.
»Wer war das?«, erkundigt sich Papa, deutet auf die Lache und sieht alle forschend an.
»Wir waren's nicht«, rufen Oma und Opa. »Oder denkst du, wir sind nicht ganz dicht?«
»Ich war's nicht«, sagt Jan.
»Wir sind doch keine Pipi-Babys mehr«, ergänzt Grit.
»Miau! Ich war's nicht«, maunzt Rapunzel. »Ich geh dafür in mein Kistchen.«
»Wuff! Ich war's nicht«, knurrt Herr Moser mit treuherzigem Hundeblick.
»Schließlich bin ich stubenrein.«
»Wer war es dann?«, sagt Opa zu Oma.
»Vermutlich werden wir den Fall nie aufklären«, befürchtet Oma.
Und dann muss sie husten. Sie verschluckt sich fast. Jetzt fällt ihr plötzlich ein, dass sie sich in der Nacht ein Glas Kamillentee gemacht hat. Ob sie den verschüttet hat? Sie wischt den Fleck schnell mit einem Küchentuch weg.
»Ich tippe auf Omas Unsichtbaren oder Opas Klabautermann«, sagt Papa.
Mama lächelt geheimnisvoll. »Nennen wir ihn einfach Bubu, den Unsichtbaren.«

»Das mit Bubu, dem Unsichtbaren, ist eine schicke Sache«, findet Grit. Immer, wenn sich jetzt einer über die Unordnung in ihrem Zimmer beklagt, sagt sie: »Ich war's nicht. Das war Bubu, der Unsichtbare.«

Wer hat das Müsli im Schrank verschüttet?
Wer hat den Teddy im Garten vergessen?
Wer hat die Blumenvase zerbrochen?
Wer hat die Klopapierrolle nicht gewechselt?
Klar, Bubu, der Unsichtbare!

Auch Jan gefällt die Idee mit dem geheimnisvollen Unsichtbaren, der immer an allem schuld ist. Das ist praktisch und bequem. Als beim Fußballspielen der Ball beim Nachbarn ins Gewächshaus fliegt und die Scheibe zerbricht, beteuert Jan: »Das war Bubu, der Unsichtbare.«

Wer hat das Fahrradwerkzeug draußen liegen lassen?
Wer hat die Zahnpasta-Tube nicht zugeschraubt?
Wer hat sein Kaugummi unter den Tisch geklebt?
Wer hat die Gartentür nicht zugemacht?
Klar, Bubu, der Unsichtbare!

Die Einzige, die inzwischen ziemlich genau über den Unsichtbaren Bescheid weiß, ist Mama. Mütter haben bekanntlich einen siebten Sinn für Familien-Geheimnisse.
Eines Tages kommt sie mit einem großen Paket nach Hause.
Das Einwickelpapier verrät, dass es aus dem größten Kaufhaus der Stadt stammt.
»Ist es für uns?«, rufen Jan und Grit wie aus einem Mund.
»Ist es für uns?«, fragen Oma und Opa gespannt.
»Bestimmt ist es für mich«, freut sich Papa. Er bekommt gern Geschenke.
»Es ist Bubu, der Unsichtbare«, sagt Mama und lächelt verschmitzt.
»Heute werden wir das große Geheimnis lüften.«
Neugierig wickeln die beiden Kinder das Paket aus. Und während Opa das Geschenkpapier ordentlich zusammenfaltet und Oma die Schleife aufrollt, öffnen Jan und Grit den Deckel.
»Ein Ziegenbock?«, ruft Jan überrascht und schaut Mama fragend an.

»Genauer gesagt: ein Sündenbock«, sagt Mama. »Unser Bubu. Er ist an allem schuld, wenn's keiner war. Und immer, wenn einer in unserer Familie nicht zugeben will, dass er etwas angestellt hat, sagt er einfach: ›Das war der Bubu.‹ Dann wissen alle Bescheid.«
»Ein Sündenbock?«, wundert sich Grit. »Warum nicht ein Sündenteddy oder ein Sündenhase?«
»Oder eine Sündenkuh, ein Sündenkamel, ein Sündenelefant oder ein Sündenkrokodil?«, fällt Jan ihr ins Wort.
»Das Wort Sündenbock ist uralt«, erklärt Mama. »Es kommt schon in der Bibel vor.«
»Sündenböcke gibt es überall auf der Welt. So nennt man Leute, denen man die Schuld für etwas in die Schuhe schiebt, das sie nicht getan haben«, ergänzt Papa.
»Wie gut, dass wir nicht immer anderen die Schuld geben müssen«, sagt Grit. »Wir haben ja jetzt unseren Bubu.«

Woher kommt das Wort Sündenbock?

Als die meisten Menschen noch Hirten, Bauern oder Nomaden waren, wurden zu bestimmten Festen Tiere geopfert. Dadurch sollte der Gott des Volkes Israel oder in anderen Religionen auch andere Götter gnädig gestimmt werden.

In der Bibel wird im dritten Buch Mose genau erzählt, wie Moses Bruder Aaron am jüdischen Versöhnungstag das Opfer vorbereiten sollte. Zwei Ziegenböcke sollte er auswählen. Durch das Los wurde bestimmt, welcher von beiden auf dem Altar geopfert werden sollte und welcher der Sündenbock war. Der Sündenbock wurde vom Hohenpriester symbolisch mit den bösen Taten und Gedanken der Israeliten beladen und in die Wüste gejagt. So wurden alle Sünden zum Wüstendämon Alafel und damit »zum Teufel« geschickt.

Heute noch kennt man bei uns die Redensart, dass einer »in die Wüste geschickt« oder »zum Teufel gejagt« wird.